지금

나의

자존감

나를 사랑하는 시간

작가의 고유의 글맛을 살리기 위해
한글 맞춤법에 안 맞는 일부 표현을 수정하지 않았습니다

지금 나의 자존감

김지연

마음세상

필사,
오롯이 나 자신에게
집중하는 시간

마음의 평정. 제가 가장 좋아하는 말입니다.
마음이 편하면 정말 모든 것이 편한 것 같아요.
누구나에게 삶은 쉽지 않은 것 같아요.
노력만 하고 살다 보니
자존감이 떨어지는 것을 느낄 때가 있죠.
자존감은 나 자신 외에는 정말 아무도 안 챙겨줘요.
이 책은 자존감 회복을 위한 필사북입니다.
왼쪽 페이지에는 글이 있고
오른쪽 페이지에는 따라 쓰시면 돼요.
필기감 좋은 볼펜으로 쭉쭉 따라써보세요.
그리고 소리 내서 읽어보세요.
마음이 편안해지고
따뜻해지는 글귀들을 따라쓰다 보면
자신도 모르게 마음의 평정이 찾아들며
자존감이 회복되실 수 있을 거에요.

10_____자존감

12_____의지하지 마라

14_____많이 생각한다고 해서 정답을 찾는 것은 아니다

16_____선택

18_____우르르

20_____상처는 안 받을 수도 있습니다

22_____오직 그때뿐

24_____자신을 지킬 용기

26_____시행착오

28_____친구

30_____편안하다

32_____마음이 바뀌지 않는 방법

34_____행복이란

36_____사랑받는 순간

38_____겸손

40_____그대만 아는 진짜 이유

42_____관심

44_____노력해도 이루어지지 않는 것

46_____기분

48_____그저 믿음

50_____지금은 아닌 사람

52_____실수

54 _____ 아무것도 아니에요

56 _____ 미안하네

58 _____ 헤어질 시기

60 _____ 포기하는 방법

62 _____ 돌아서는 용기

64 _____ 계획된 이별

66 _____ 잘 헤어지고 싶어요

68 _____ 좋은 이별

70 _____ 끝

72 _____ 존중

74 _____ 속풀이

76 _____ 진짜 모습

78 _____ 자존감 2

80 _____ 참는다는 것

82 _____ 내가 상처받지 않을 만큼

84 _____ 불안

86 _____ 누구도 상처줄 수 없다

88 _____ 자신감

90 _____ 너를 위헤 해주는 말

92 _____ 어째서

94 _____ 혼자

96 _____ 외로움

98 _____ 냅두는 게 가장 쉽다

100 _____ 안 괜찮다

102 _____ 조언

104 _____ 혼자서 하는 생각은

106 _____ 어떤 이유

108 _____ 그냥

110 _____ 인연이 아니라서 힘들었던 것이다

112 _____ 돌아서면 그만

114 _____ 사람의 능력

116 _____ 나의 옆자리

118 _____ 행복이 오는 소리

120 _____ 꼭 있어야 할 것

122 _____ 사람 보는 눈

124 _____ 삶을 결정하는 어느 길목

126 _____ 함부로 기회를 주지 마라

128 _____ 견디지 않아도 된다

130 _____ 사랑이다

132 _____ 시간을 멈추지 마라

134 _____ 다 괜찮다

136 _____ 마지막 기회

138 _____ 너는 왜 세상에서 하나뿐인 거니

140 _____ 그저 곁에 있으면 된다

142 _____ 지나고 나니 잘된 일

144 _____ 듣기 서운한 말

146 _____ 내 것

148 _____ 아직도 아파하나요

150 _____ 상처 받지 않는 매뉴얼

152 _____ 그저 조용히

154 _____ 자존감

156 _____ 그 사람의 마음

158 _____ 그저 소소하게

160 _____ 나의 맞은 편

162 _____ 서른 중반

164 _____ 사랑

166 _____ 다음 사랑에는 성공하라

168 _____ 기대고 싶다면

170 _____ 시간은 필요하다

172 _____ 내가 없으면

174 _____ 잘 가라는 말

176 _____ 아닌 것을 걸러내기

178 _____ 사람의 향기

180 _____ 나만한 사람

182 _____ 진실과 거짓말 사이

184 _____ 외로움도 민폐다

186 _____ 소용 없는 정성

188 _____ 아무것도 아닌 것

190 _____ 이유는 모르는 것이 아니라 알려고 하지 않는 것이다

자존감

자존감이 낮으면
나는 뭘 해도 안 된다는 생각 속에서
스스로를 미워하는 마음보다

더 무서운 것은
나를 아껴주고 사랑해주는 사람마저도
하찮게 여기게 되는 것이다.

자존감

의지하지 마라

살다 보면 스스로 한계를 느끼고
나 혼자서는 부족하다고 여기고
약해질 때면 딱히 누가 좋은 것도 아니면서
누군가를 곁에 두려고 하면

상대방도 나처럼 딱히 내가 좋은 건 아니지만
자기 하나만으로는 부족하다고 생각해서
다가온 것이다.

사람은 언제나 자신과 비슷한 사람을 만난다.
각자 들고 있는 짐을 나눠들려다 보니

같은 고민을 안고 있어도
함께 힘내지 못하고
결국은 등돌리게 되는 것이다.

많이 생각한다고 해서
정답을 찾는 것은 아니다

많이 재서 인연을 만나도
많이 잴수록 그렇게 선택한 사람과는
끈끈하지 못하다.

그렇다고 아무나 만날 수는 없지만

많이 잰다고 해서
믿음이라는 것이 생기지는 않기 때문이다.
사랑할 수 있는 것도 아니다.

이기적인 마음으로 선택한 사람은
그 사람이 완벽하길 바라게 된다.
내가 부족할수록.

많이 생각한다고 해서
정답을 찾는것은 아니다

선택

많이 골라서 선택하는 건
어쩜 시간 낭비인지 몰라요.

그렇게 골라서 별로면
잘못골랐다며, 다른 걸 고를 걸 그랬다고
후회하기 십상이에요.

고르고 고른 사람은 아무 노력도 하지 않고
상대에 대한 기대만 많을지도 몰라요.

많이 골라본 건
그저 욕심이 많아서에요.

자기 자신에게 자신이 없는 사람이 많이 골라요.

가장 중요한 건
나의 열정이에요.
나의 노력이에요.

우르르

나 빼고 우르르 몰려다니는 사람들을 보면
은근히 소외감을 느낀다.
거기에 못 낀 게 못내 아쉽기도 하고
끼워주지 않는 것이 야속하기도 하다.

우르르 몰려다니려면 엄청나게 노력해야 한다.
시간을 내는 것, 말을 먼저 하는 것
웃으면서 분위기를 이끌어나가는 것, 기분 나빠도 참는 것
기선제압을 위해서 의도적으로 주눅 주는 일
어느 것 하나 노력하지 않고 할 수 없는 것들이다.
또한 어느 날 작은 오해로 멀어지고
험담을 듣는 것도 감수해야 하고
다른 사람을 통해 흘러흘러 듣는
나의 뒷담화로 견뎌야 한다.
내가 친했다고 생각하는 사람의
속마음을 알고 놀라기도 해야 한다.
나한테 하는 말이 다르고
내 옆에 사람한테 하는 말이
다른 것까지 겪어야 한다.

함께 있으려면 엄청나게 노력해야 한다.

상처는 안 받을 수도 있습니다

누군가 당신에게 상처를 줬다면
당신은 아마 이랬을 겁니다.

첫째, 당신은 그 사람에게 만만하게 보였습니다.
둘째, 그 사람이 충분히 무례한 행동을 했는데도
나쁜 의도가 아니라 혼자 판단하며 그냥 넘어가줬습니다.

셋째, 문제가 생겼을 때 그 사람의 잘못인데도
사과받지 않고 먼저 오히려 자세를 낮춰서 받아줬습니다.

넷째, 지금 저버리기엔 함께 했던
시간이 아깝다는 생각을 하곤 했을 것입니다.

다섯째, 귀찮아하고 못마땅한 그 사람의 표정을
애써 보지 않았습니다.
여섯째, 참는 것에 익숙해졌을 것입니다.

반대로 해보세요
상처받을 일이 줄어듭니다.

상처는 안 받을 수도 있습니다

오직 그때뿐

어디서 무슨 말을 들을 지
긴장하지 않고 있으면
때아니게
비수같은 말을 듣고
버벅거리다가
집에가서 잠들때쯤 혼자 이불킥을 한다.

왜 되받아칠 적절한 말은
한참 시간이 흐른 후에나 생각나는 걸까?

아무리 열받아도
자나간 것은 다시 말하지 않는 것이 좋다.

어떤 말을 들어도
그 자리에서 바로 받아치는 기술
그것은 꾸준한 연습이 필요하다.

자신을 지킬 용기

열 받은 일이 있는데 참으면
두고두고 미워하고
열받는 일이 되고
심지어 계속 비슷한 패턴으로 괴롭힘을 당하고

열받았을 때 맞짱 뜨면 두고두고 미워하지는 않으나
가끔 생각하면 창피한 기억으로 남는다.

맞짱을 떠도 해결되지 않는 문제는 많지만
괴롭히는 사람 입장에서는 싸워야 하므로
그것이 피곤해서 그 횟수가 줄어든다.

망신을 두려워하면 그 어떤 변화도 없다.
지금 행복할 수도 없고 벗어날 수도 없다.

시행착오

그저 내가 부족한 탓이었다고
생각하면 마음이 편해지고 정리가 된다.

누구나 타인의 잘못에는 예민하고
나 자신의 잘못에는 관대하다.

그저 시행착오였을 뿐.

사랑하는 사람에게
사랑한다는 말을 할 수 있으려면
무수한 시행착오를 겪어야 가능하다.

아무것도 하지 않으면
무슨 말을 해야 할 지 머뭇거린다.

친구

영화가 보고 싶은데 같이 갈 사람이 떡하니 나타나고

고기 먹고 싶은데 같이 갈 사람이
하늘에서 뚝 떨어지듯 나타나고

약속도 없이 근처에 갔는데
홀연히 나타나 같이 놀아주고

사람이 툭툭 나타나는 것도 큰 복이다.

그러려면 내 귓전에 스치는 작은 한마디에
마음을 다치지 않고

옹졸하게 삐치지 않으며 홀로 배배 꼬인 생각으로 만든
이야기 덩어리를 함부로 풀어놓지 않으며

홧김에 나오는 이야기에게 인연을 자르지 않고
웃어넘기며 감싸줄 수 있는
너그러운 마음이 필요하다.

친구

편안하다

사랑이란 쉽고 간단한 것이다.
상대방이 부담을 갖지 않게 하고
그냥 편하게 해주면 되는 것이다.

편안함이라는 것은 굉장한 감정이다.
질리지도 않는 것이다.

작은 실수를 해서 이미 미안해하는 사람에게
괜찮다는 한 마디,

힘들어하는 사람에게
내게 생긴 좋은 일을
굳이 말하지 않고 먼저 귀 기울여 들어주는 일
그게 뭐 어려운가.

상대방이 내게서 **편안함을 느낀다면**
나는 그 사람의 사랑도 믿음도
다 가질 수 있다.

마음이 바뀌지 않는 방법

좋아하는 사람만 만나고
좋아하는 일만 하면

좋아했던 사람을 미워하게 되고
좋아했던 일을 싫어하게 된다.

좋아하지 않는 사람과도 어울리고
좋아하지 않는 일도 하면서

좋아하는 사람을 곁에 두고
좋아하는 일을 해야

오래도록 함께 할 수 있다.

행복이란

행복이란 지나간 것에 연연해하지 않고
지금 만나게 되는 사람들과 어떻게든 잘 지내고
겉모습이야 어찌됐든 속으로 울지 않는 것이다.
 누군가가 나의 잘못을 지적하면
 그것이 하잘것없는 것인데 왜 그럴까 생각하기보다
 그 사람의 기분부터 풀어줘야 한다는 것을
 알기까지 오래걸렸다.

숙일 수 없어도 나 자신을 위해
숙일 수 있기까지 오래걸렸다.

누군가가 준 정성이나 사랑을 돌려주는데 아까워하지 말고

지금은 멀어진 사람과 함께 했던 시간을
아까워하지 않는 것이다.

누군가가 준 정성이나 사랑을 돌려주는데 아까워하지 말고

지금은 멀어진 사람과 함께 했던 시간을
아까워하지 않는 것이다.

사랑받는 순간

누군가가 날 좋아하거나
사랑한다면 나는 긴장해야 한다.

내가 실수하거나 실망시키면
그는 나를 미워할 것이다.

누군가에게 사랑받으면
마음이 느슨해지는 건
더이상 노력하지 않는 건
매번 관계가 실패로 돌아가게 되는
이유다.

겸손

내가 없으면 안 될 거라는 생각
내가 어떤 잘못을 해도 용서해줄 거라는 생각

그것은 오만한 것이다.
가장 오만한 것이다.

내가 없어도 모든 것은 잘 굴러가고
내가 잘할 때는 고운 눈으로 인정해주지만
못하면 싸늘하게 돌아설 수 있다고
늘 긴장하며 살아가야 한다.

겸손함이란 이런 것이다.

그대만 아는 진짜 이유

누군가가 싫어졌다면
분명 이유는 있을 거에요.

그 사람의 사소한 말투가 거슬리고
습관이며 행동이 싫었을 거에요.

그렇다고 그 사람 더러 고치라고 하지는 마세요.

그냥 이제 당신이 생각하기에
그 사람이 식상해진 거에요.
볼만큼 봤거나 그 사람이 그다지 필요하지 않은 거에
요.

당신이 그 사람이 싫은 건
그 사람이 잘못해서가 아니라
당신이 그 사람을 싫어해서
그 사람의 잘못들이 생기는 거예요.

관심

뭔가에 관심을 가졌을 때
좋은 생각만 든다면
행복할 것이고
나쁜 생각이 들고
험담만 입에 달게 되면
불행할 것이다.

그러니까
행복과 불행은
선택할 수 있는 것이다.

노력해도 이루어지지 않는 것

내가 원하는 것이
타인의 결정에 의해서 주어지는 것이라면

내가 열심히 노력했는데도
그가 나의 노력을 부족해서
나를 선택할 수 없다고 말한다면

미련을 갖지 말고 과감히 돌아서라.

그는 처음부터
나에게 조금도 기회를 줄 마음이 없었다.

그는 애초에 마음 속에 누군가를
선택해두고 있었다.

그는 스스로 편해지기 위해
나의 노력이 필요했을 뿐.

기분

기분에 따라
생각하고
선택하고
결정하지 말고

목적에 따라
생각하고
선택하고
결정해야 한다.

기분에 휩쓸려 많은 것을
결정하는 것은

기분은 중요한 것이 아니다.

그저 믿음

너는 나보고 애기 같고 순진하다고 말했지만
그거 아니?
그냥 내가 너한테 속아준 거.

너는 나보고 그렇게 착해서 되겠느냐고 말했지만
사실 난 이기적이고 닳고 닳았는데
너한테만은 착한 사람이고 싶었던 거.

너는 내 문제점을 입에 올리며 고치라고 말했지만
나는 고칠 게 없었다.

나는 너를 믿었으니까.

그저 믿음

지금은 아닌 사람

한때는 참 좋고 고마웠던 사람이
지금은 그렇지 않을 때가 있다.

그런데도 예전의 좋은 추억을 떠올리며
지금을 모르는 척하고 그때 고마웠던 것을
꼭 갚아주고 싶은 마음이 든다.

그래도 좋은 사람이라고 믿고 싶을 때가 있다.

또한 한때 미웠던 사람이 지금은 달라졌어도
예전처럼 미워질 때가 있다.

미운 사람을 정리하기 쉬워도
좋았던 사람을 정리하기는 어렵다.

모든 것은 현재 생각해야 한다.
이전에 아무리 좋은 사람이었더라도
지금은 아니라면
다시 생각해야 한다.

실수

가장 큰 실수는

누군가의 잘못을

나의 이익 때문에

쉽게 용서한 것에서 비롯된다.

실수

아무것도 아니에요

왜 많고 많은 사람 중에서
나에게 말을 툭툭 뱉은 사람에게 관심을 갖나요?
왜 연락없는 사람에게 신경 쓰나요?
왜 나에게 관심없는 사람 때문에 표정이 굳나요?
왜 받기만 하는 사람 때문에 속을 끓이나요?
왜 나를 소외시키는 사람을 생각하나요?
그럴 필요 없어요
그들은 그냥 아무것도 아니에요.

아무것도
아니에요

미안하네

나에게 몹시 함부로 굴던 사람을
떠올릴 때는

분한 기분이 들어서는 안 된다.

그 당시 철저히 밟아줘서
나중에 생각했을 때

미안한 생각이 들어야 한다.

상대방에게 창피를 주려면
나도 창피를 당할 수밖에 없다.

미안하네

헤어질 시기

헤어질 때가 지금이란 걸 알면서도
조금만 더
조금만 더
시간을 끌다가
상대방이 먼저 말을 꺼내게 될 때는
결국 내가 상처 받게 된다.
나는 서로 좋게 끝낼 준비가 되어 있지만
그 사람은 그렇지 않을 수 있다.

때가 왔을 때는 아쉽더라도
반드시 보내야 한다.

헤어질 시기

포기하는 방법

내가 주는 사랑을
하찮게 생각하는데도

자꾸 생각나고 포기할 수 없는 사람이 있다면
이렇게 생각해보세요.

내가 힘들고 어려울 때
조금이라도 그 사람에게 의지할 수 있나
내가 아플 때 따뜻한 걱정을 받을 수 있나
생각해보세요.

역으로 생각하면 정리할 수 있을 거에요.

아무 기대도 할 수 없는 사람을 만난다는 건
어쩌면 피곤한 일이거든요.

돌아서는 용기

좋은 감정을 가지고 많은 시간을 함께 했다고 해도
어느 순간 아니다는 생각이 들면
그동안 함께 했던 것들을 아깝게 생각하지 말고
정리해야 한다.

아닌 걸 알면서도 자꾸 기회를 주어서는 안 된다.

아니라는 것을 처음 알았을 때
발걸음을 멈추고 아쉬워하지 말아야 한다.

다른 사람에게는 쉽게 권하지만
내 일일 때는 어렵다.

냉정함을 잃으면서
점점 어리석어진다.
같은 실수를 반복하게 된다.

계획된 이별

순간 욱해서 끝내는 사람이 있는가 하면
일단 참고 시간을 견뎠다가
적절한 타이밍에 끝내는 사람이 있다.

똑같이 끝나도 사실 큰 차이가 있다.

욱해서 끝내는 사람은 손해가 있고
욱했을 때를 끝낼 시기라고 받아들이고
준비를 마친 뒤에 끝내는 사람은 손해를 최소화한다.

끝낼 때 냉정하게 무조건 피하기만 하는 사람이 있는가하면
끝낼 때 마지막까지 인사하는 사람이 있다.

무조건 피하는 사람은 득보다 실이 크고
마지막까지 장식할 수 있는 사람은
자신이 생각한 득을 완성한다.

사실 계획된 이별이 더 아픈 것이다.
어쩌면 나 혼자 좋은 사람이었다고
영원히 생각하게 될 수도 있는.

계획된이별

잘 헤어지고 싶어요

사람 사이에 기대해서 얻을 수 있는 것은 없다.

늘 상처받으면서 사랑에 대한 기대는
언제나 있었던 것 같다.

아니다.
그저 내가 후하게 생각했을 뿐
사람에 대한 기대는 함부로 하는 것이 아니다.

가까워지면 얼마든지 틀어질 수 있다.
몰랐던 사이일 때보다 못해질 수 있다.

기대를 하지 않으면 달리 보인다.

그것은 놀랍게도 다른 사람들에게 비치는 내가..
그들의 마음 속에 내가 구겨넣었던
부담감이 빠져나갔기 때문이었다.

잘 헤어지고 싶어요

좋은 이별

별 일도 아닌 일에 두고두고 욕먹는 것만큼
의미 없는 것도 없다.
절친한 사람도 소원한 사람도
소중한 사람도 귀찮은 사람도
언젠가는 멀어진다.

어떻게 만났든 지금 어떻든 **마무리를 잘해야 한다.**
아직도 내 할 말 다하고 감정을 다스리지 못하고도
당당해하고 있는가?

좋은 이별은 쉽지 않겠지만
나를 위해서라면 가능하다.

좋은 이별은 그 사람의 머릿속에서
점차 사라지는 작용이다.
막상 좋은 이별이라는 것을 해보면
시간도 많이 걸리고
무엇보다 노력을 많이 해야 하기 때문에
슬프지도 않고 큰 산을 넘은 것 같고
가슴 한 켠이 정리된 느낌이다.

좋은이별

끝

세상 다른 일은 몰라도 사람과 사람 사이는
어느 순간이든 끝날 수 있다.
예전에는 친했어도 어제까지도
화기애애하게 연락을 주고 받아도
어느 날 갑자기 뚝 끝날 수 있다.
그렇게 아주 끝나기도 하고
언제 다시 또 툭 안부를 물을 지 모른다.
사람 만나는 게 힘들다고 하지 말고
그냥 언제라도 끝난다면
그렇구나 받아들이면 된다.
안타깝게 여기면 혼자 상처받을 뿐이다.

얼굴만 알든 친하든 **언제든 끝낼 자신이 있어야 한다.**
싸우지 않아도 서로를 좋은 사람이라고 여겨도

변치 말자고 다음에 또 보자고
말하지 않아도 된다.
사람이란 마침표를 찍기 위해서
만나는 것이다.

끝

존중

좋아하는 사람에게
잘해주기 쉬워도

싫어하는 사람을
존중해주기 어렵다.

마음에 안 들고
못마땅해도
분명 잊지 말아야 하는 것은

존중하는 것이다.

존중

속풀이

예전에는 속상한 일이 있으면
누굴 붙잡고 이야기하거나
속풀이를 해야 후련해지곤 했다.

말이란 함부로 뱉으면 안된다는 것을 알면서도
빈정상하고 기분 나쁠수록
나 스스로 감추고 있던 속마음까지도 입밖으로 잘 나왔다.

당장 속이 상하면 누구에게도 말하지 말고
속으로 삭일 수 있어야 한다.

열받아서 떠드는 것도 습관이다.
침묵도 조금만 노력해보면 쉬워진다.

불쾌한 기분이 가시고 마음이 편안해진다.

속상했던 일은 많이 시간이 지난 후에
그런 일도 있었어.
지나가는 말로나 잠시 입밖에 올릴 수 있는 것이다.

진짜 모습

사람의 진짜 모습이란 어떤 것일까?

진짜 모습을 보기 전에는
속단하지 말라고 하지만 정작 진짜 모습을 알고 나면
대부분 모든 것은 처음으로 돌아가지 않을까?

가장 매몰차고 이기적인 순간이 그 사람의 진짜 모습일까?

아니면 가장 따뜻하고 자상한 순간이
그 사람의 진짜 모습일까?

내가 전혀 몰랐던 부분, 짐작조차하지 못했던 면모를
우연히 발견했을 때 그것이 어떤 것이든
그 사람의 진짜 모습이라고 생각하기 쉽다.

얼마나 단편적인가.

진짜 모습

자존감 2

자존감은 중요하지만 좀처럼 지키기 어렵다.

나보다 잘난 사람이 없으면 괜찮은데 있어서 그렇다.
특히 내 근처에서 얼쩡거리거나
비교당하면 더욱 그러하다.

그래서 흠을 잡아 깎아내리고 미워하는 것은
나의 자존감을 철저히 망가뜨리는 것이다.

자존감이 망가질수록
아무리 노력해도 결과가 좋아지지 않는다.

불리한 상황에서도 자존감을 지키기 위해서는
흔들리지 않고 더 분발하는 것이다.

신경 쓰지 않는 방법 중의 하나가
그냥 인정하는 것이다.
내가 해야 할 것과 나 자신에 집중하는 일,
연약하고 비뚤어진 나의 마음을 자극하는
타인을 머릿속에서 지우는 일
그것이 자존감을 지키는 길이다.

참는다는 것

배고프다고 배가 부르도록 먹어서는 안 되고
이쯤해서 됐다고 그만 먹어야 하고

불쾌하다고 화가 풀리도록 화를 내지 말고
이만하면 됐다고 그만 돌아서야 한다.

그러면 상대방도 내 심정을 조금은 헤아려준다.

있는 화, 없는 화 속시원히 다 내고 나면
상대방이 자기 잘못을 알고도 나를 미워한다.

내가 상처받지 않을 만큼

너무 잘해주지 마세요.

그 사람에게 실망하는
어느 날이 오면
견딜 수 없을 거에요.

그러니
마음 간다고
너무 잘해주지 마세요.

내가 상처받지
않을 만큼

불안

함께 있어도 외로움이 있다.
함께 있으면 불안함은 지울 수 있다.

사람은 누구나
은연중에 귀찮고 재미없는 건
남에게 떠밀고 즐겁고 좋은 건 자기 앞에 둔다.

함께 있을 땐 걱정이나 괴로움을
슬쩍 자기 앉은 자리 밖으로
내몰 수 있다.
마치 남의 것인양.

괜히 불안하다면
혼자이기 때문이다.

함께 있을 때 혼자있을 때보다 더 심한 외로움을 느껴서
스스로 혼자가 되었다면
불안해질 수도 있다.

누구도 상처줄 수 없다

내가 옳다고 해도
그 사람에게
상처를 주는 것은 옳지 않다.

틀렸다고 해도
맞춰줄 수 있어야 한다.

틀린 게 아니라
틀렸다고 생각되는 것뿐이니까.

우리의 삶이 별반 다르지 않다면.

누구도 상처줄 수 없다

자신감

마음에 안 드는 사람과
천천히 시간을 갖고 좋은 마무리를 하니
또 그런 사람을 만나도 걱정이 없다.

대하기 어렵고 까다로운 사람과
잘 대화를 이어나가서 마무리를 하니
그 사람에게 배우는 것도 생기고
또 그런 사람을 만나도 자신이 있다.

싫다고 고개 돌려버렸다면
또 그런 사람을 만날 때마다
진땀을 흘려야겠지.
또 그런 사람 만날까봐
속으로 걱정해야겠지.

너를 위해 해주는 말

네가 틀렸을 때는
너를 위해 해주는 말들이
불쾌하게 느껴질 것이다.

듣기 싫은 말을 들었다면
그 말을 한 사람을 미워하지 말고
네가 네 생의 어디쯤에 있는지
생각해봐야 한다.

어째서

간절히 원했지만
이루어지지 않는 것은
나의 노력이 부족해서가 아니다.
누군가가 조금도 노력하지 않기 때문이다.

때로 인생은
이상하게 열심히 노력하는 사람의 뜻대로는 되지 않고
아무 것도 안하고
마음도 식고
의욕도 없는 사람의 뜻대로 되기도 한다.

적어도 혼자인 것에 자신이 없을 때는
그렇다.

혼자

아무도 곁에 있어 주지 않을 것 같아서
누구도 지켜주지 못할 것 같아서

혼자가 좋다고 말하지 말아요.

다른 사람에게 맞추면서 행복하지 않기 때문에
혼자가 좋은 거에요.
말을 들어주지 않고 반목하기 때문에
혼자가 좋은 거에요.

외로움

혼자다.

혼자인 건
괜찮은데
외로움이 문제다.

가만히 생각해보니
함께 있을 때도
늘 외로움이 문제다.

내가 나 자산에게 집중한다는 것이
이토록 어려운 것이다.

마음을 다 채우는 것을 평소라고 생각하지 말자.

마음은 늘 어디가 비어 있어야 하는 것이다.

외로움

냅두는 게 가장 쉽다

사람 사이를 찢어놓으면 안 된다.
그 사람을 위해서 찢어놓는다기 보다
대개 내 욕심 때문에 찢어놓기 마련이다.

사람 사이를 찢어놓으면
순간 내 뜻대로 된 것 같아도
결국 내가 귀찮고 피곤하며
나중에는 원망 듣기 일쑤이다.

남의 이야기란
판단하기 위해 듣는 것이 아니라
그냥 듣기 위해 듣는 것이다.

잘 들어주는 것은
그저 내버려두는 것이다.

안 괜찮다

정작 내가 필요로 할 때는
멀찍이 떨어져 있었으면서
시간이 많이 흐른뒤에
다가와
미안했다고 말한다면

괜찮긴 한데
안 괜찮다.

안 괜찮다

조언

정말 열심히 노력했는데
이루지못한 사람에게는
그 누구도
충고나 조언을 할 수 없다.

조언은 그 사람에게 필요한 말이지
그 사람이 틈을 보일 때
던지는 비수가 아니다.

혼자서 하는 생각은

왜 사람은
혼자 있으면

아주 오래전에 마음 상했던 일이 생각나고
그냥 흘려들어도 될 말을 곱씹게 되고
혹시나 나쁜 의도가 아니었는지 의심하고
앞으로 닥칠 것들도 부담스럽게 생각하게 될까?

가식을 다 떨쳐내고 스스로 가장 솔직할 수 있는 순간인데
이상하게 괴롭다.

늘 시간이 없는 사람이
일정이 없어지면
자기가 하고 싶은 것을 하기보다
늦잠으로 시간을 허비하듯이

혼자서는 진짜 자신이 원하는 것을 생각해내지 못한다.

어떤 이유

그저 주어지는 것보다
스스로 노력해서 성취하는 것에 더 만족감을 느낀다.
간절히 원하는 것을 이루면 행복감을 느낀다.

상대방은 노력하지 않는데 주는 호의는
감흥이 없기 마련이다.

때로 먼저 마음을 주고 상처받는 것은
그가 조금도 노력하지 않기 때문이다.

그냥

문자를 보냈는데 답이 없으면
다시 보내지 말자.

내가 밥을 샀는데
다음 번에 그가 사지 않으면
다시 만나지 말자.

그 사람이 내게 쓴 시간과 돈을 아깝게 생각하지 않
도록
노력하자.

내가 잘해주면 고마워할 거라고 생각하지 말자.
험담하지 말고
자랑하지 말자.

그냥

인연이 아니라서 힘들었던 것이다

한순간에 끝나는 것은 인연이 아니다.
그것에 최선을 다하는 것도 의미가 없다.
끝나지 않는 것이 인연이다.
돌아서도 다시 뒤돌아보고
실수를 하면 만회하도록 이어지고
부족하면 더 채우도록 이어지는 것이
인연이다.
다시 만나지 않는 것은
인연이 아니다.

인연이 아니라서 힘들었던 것이다

돌아서면 그만

돌아서면 그만인 사람들이
나를 힘들게 한다.

나와 특별한 문제 없이도
끊어지는 인연들이
나에게 대접받기를 원한다.
가족의 가족
친구의 친구
내 사람과 연결된 사람들

누군가와 잘 지내면 만나게 되는, 만나야 하는 사람이 있고
누군가와 끝나면 덩달아서 만나지 않는 사람들

돌아서면 그만인 사람들이
가장 냉정하고 무정하다.

돌아서면 그만

사람의 능력

공연히 하지 않아도 될 말을 하고
상대방이 받아치지 않는 것은
그 사람이 너의 비위를 맞추기 위해서가 아니라
속으로 너를 미워하고 있기 때문이다.

사람이 누군가를 사랑하게 되면
무엇이든 해낼 수 있는 신비한 능력이 생기듯
누군가를 미워하면 그 또한 없던 힘이 생긴다.

사람의 능력이란 똑같은 것에도
애정을 깃들일 수 있는 것에 있다.

손님이 먹는 밥상과
사랑하는 사람을 위한 밥상이 어찌 같을까.

나의 옆자리

예전에는 언제나 내 감정이 중요했다.
내가 좋으면 옆에 붙잡아두려고 했다.
그렇게 붙잡아둔 사람이
왜 날 사랑해주지 않나 원망하곤 했다.

이제는 내가 좋아도
곁에 두지 않기로 했다.
누군가가 내 옆에 오는 건
내가 시켜서가 아니라 그 사람이 스스로 와야 한다.

나 아니면 안 될 것 같고
꼭 내 곁에 있고 싶어서 온 사람만이
내 옆에 있을 수 있다는 것을 알게 되었다.

행복이 오는 소리

나 혼자만 잘 살겠다고
맛있는 음식 실컷 먹고
마음껏 여행하고
속앓이하는 것 없이 원없이 살아본들 그것이 행복할까.
내가 혼자 아무리 스스로 반짝인듯
누군들 관심을 가져주겠으며
모든 것이 채워지면 그저 공허해질 뿐이다.

행복은 때로 먹고 싶은 것을 꼭 먹지 않아도 놀지 않아도
사랑하는 사람에게
해주고 싶은 것을 하면서 찾아온다.

내가 조금 편하고 고작 먹고 싶은 것 때문에
놀고 싶은 마음 때문에
그저 하염없이 즐기고 싶어서
가장 중요한 것을 잊지 않았으면 한다.

다음에는 또 무엇을 해줄까?
행복은 사랑을 쏟아부으면서 온다.

꼭 있어야 할 것

사람은
자기가 좋아하고
사랑하고 지켜주고 싶은
사람이 꼭 있어야 한다.

그래야
화가 나도 참고
즐거워도 숨기고
멈출 때를 안다.

사람 보는 눈

내가 먼저 잘해주고 낮춰주면
'아, 내 맘대로 해도 되겠구나' 생각하며
나를 만만히 보는 사람은 가소롭다.

내가 화낼 때 상대방도 똑같이 화를 내면
그는 별로 어려운 사람이 아니다.

그냥 할 수 없이 칭찬했는데
좋아죽는 사람도 눈여겨 볼 사람이 아니다.

사람을 보면 일단 기부터 꺾으려고 드는 사람은
사실상 자존감이 낮고 자기 일을 해결하는 데 서투르다.

많이 고민하고 진심으로 해준
돌직구에 발끈하고 상투적인 격려에 위로받는다면
그는 아직 갈 길이 멀다.

내가 먼저 인사했는데 더 공손히 인사해주는 사람은
어렵다.

나의 예의바른 말에 겸손하게 대답하는 사람은
쉽지 않다.

삶을 결정하는 어느 길목

자기 자신에게 집중하며 몰입하다가
하기 싫은 것은 안 하고
어려운 것은 피하고
귀찮은 것도 외면하면
어느 새 남들 눈에는 그저 한심한 사람으로만 비치게 된다.

한때 열심히 달려서 어느 목표점에 이르고
더 이상 노력하지 않고 그것으로만 버티면
처음부터 노력하지 않은 사람이 봐도
저 사람의 노력은 다 무엇이었는지
그냥 다 소용없는 것처럼 여겨진다.

하기 싫은 것
어려운 것
외면하고 싶은 것
용기나지 않는 것

그것을 대하는 태도가
삶을 결정한다.

함부로 기회를 주지 마라

상처받고 힘들었던 것은
말이 안 통하는 사람과
어떻게든 잘해보려고 했기 때문이다.
그 사람 말을 다 들어주고
고개를 끄덕여주었기 때문이다.

어쩌면 말을 쫓아다니다가
그 사람의 의도와 속마음을 놓쳐버린 것.

그 사람이 원하는 것이
무엇인지 잘 생각해볼 필요가 있다.

말이 안 통하면, 그냥 흘려보내면 된다.
웃으며 친절하고 다정하게.

함부로 기회를 주지 마라

견디지 않아도 된다

힘들면
견디지 않아도 된다.
인내하려고 애쓰지 않아도 된다.

힘들다는 건
나 혼자만 열 올리고 상대방은 관심 없는 것
열심히 해도 그저 이용가치일 뿐인 것
스스로 돌아보지 못하고 그저 욕심만 앞서는 것

최선을 다했던 과거의 한 지점에 시간을 멈추어놓고
지금은 쉬면서 그것으로 버티려고 하기 때문이다.

사랑이다

앞으로 좋은 일만 생길 거라고 생각하고
사랑보다도 조건을 앞세워 누군가를 만나기도 하지만
실상 내게 힘든 일이 생겼을 때
나를 응원해줄 수 있는 사람은
나를 사랑해주는 사람이다.
원치 않은 결과에도 쉽게 그 사람에게 탓을 돌리지 않고
내가 부족했다고 먼저 생각할 수 있다.

사랑 없이 무엇을 한다는 것은 얼마나 위험한가.

나쁜 일을 견디지 못하면 누군가의 곁에도 남을 수 없다.
좋은 점만 생각하면 겉만 보게 되지만
사랑을 생각하면 모든 것을 함께 이겨낼 수 있다.

사랑이다

시간을 멈추지 마라

살아가면서
하지 말아야 할 것은
시간을 멈추는 것이다.

시간이란 끊임없이 흘러가는 것으로
함부로 멈추게 해서는 안 되는 것이다.
인생의 가장 빛났던 순간
가장 힘들었던 순간이 왔다고 해서
시간을 함부로 멈추어서는 안 된다.

다 괜찮다

지금 당장 원하는 대로 되지 않는다고
슬퍼하지 않아도 된다.
그게 그리 쉽냐고 말할 수 있을 테지만
시간 지나면 알게 된다.
지금 그냥 안 되는 것도 좋다.
안 되어도 별 일은 없고
또 다른 길이 생기니까.

별일 아닌 일에 우는 사람이 눈에 띄지
많이 힘들어도 웃는 사람은 낮게 보지 못한다.

답답해하는 것으로 뭔가가 해결된다면
좋겠지만 그런 일은 없으므로.

열심히 노력해야 해서 힘든 게 아니라
속을 끊임없이 태워야 해서 힘들다.

마지막 기회

간절히 원하는 건
끝까지 갈망해서 얻어지는 것이 아니라
적당히 내려놓을 때
비로소 내게 다가오는 것이랍니다.

간절히 원하고 또 원하다가
포기하게 되면 돌아보지 않게 됩니다.

그러니 누구에게도 마지막 기회를 주지 마세요.
자기 자신에게도 마지막 기회를 주지 마세요.

너무 간절할 때는 멈추면 됩니다.
다 내려놓지 말고 언제든
적당히 고개를 돌릴 수 있다면
어쩌면 달라질 수도 있을 거에요.

너는 왜 세상에서
하나뿐인 거니

소중한 내 사람.

내가 좋아하는 사람

그 사람들이 이 세상에
딱 한 명씩만 존재하는 게 싫다.

또 다른 사람으로는
그 사람의 자리를 채울 수 없기에

나는
너와 똑같은 사람이
하나 더 있었으면 좋겠다.

그저 곁에 있으면 된다

나 혼자 앞서서 좋아해봐야 지칠 뿐이고

마음이 돌아서봐야 나중에 또 생각날 것이고

사랑하게 되어봐야
헤어질 것이고

헤어져도 언젠가 다시 만나게 될 것이다.

그러니 지금 조금 서운한 것은 잊어버리자.

**손에 쥐어도 괜찮고
놓아도 괜찮다.**

그냥 아무것도 하지 않으면 된다.

지나고 나니 잘된 일

그때는 아쉽고 안타깝고
불쾌했지만

지나고 나면
잘된 일이라고 생각되는 경우가 있다.

그때 내가 잘못 생각했으므로

잘못 생각한 채로
이루어지는 일들이
실수가 된다.

무언가가 이루어지길 바라는 것보다
처음부터 내 생각이
틀리지 않는 것이 중요하다는 것을
깨닫게 되었다.

듣기 서운한 말

누군가 당신의 단점을 말해준다면
같은 내용이라도 누가 말해주느냐에 따라
당신의 생각은 달라질 거에요.

당신이 잘해주고 싶은 사람이라면
그 말을 곱씹어볼 것이고
당신이 좋아하지 않는 사람이라면
오기만 생기겠죠.

하지만 당신은 알아요.
그 사람이 당신을 조심히 대하고 어려워한다면
그런 말을 애초에 꺼내지 못한다는 것을요.

누군가 당신을 생각해서 해주는 말이라고 해도
당신의 마음 한 켠이 불편하다면
생각해서 해주는 말에 생각은 있을지언정
마음이 없을 수 있지요.

듣기 서운한 말

내 것

이름이 써져 있지 않아도
세상에는 내 것이 있고
내 것이 아닌 것이 있다.

내 것하기 싫은데도 내 것이 되는 것이 있고

내가 갖고 싶은데도
내 것이 될 수 없는 것이 있다.

그래서 내 것이 아닌데
내 것처럼 착각하기도 하고
내 것이 맞는데 아니라고 생각하기도 한다.

갖고 싶은데 애태우다가 버리는 시간은
얼마나 아까운가.

내 것고 그렇지 않은 것을 잘 구분하고
내 것이 아닌 것을 내려놓으면

삶의 무게는 훨씬 더 가벼워질 수 있다.

내것

아직도 아파하나요

한때 사랑했던 사람과 다시 마주친다면
어떻게 하실 건가요?
모르는 척 하실 건가요?
웃으면서 인사할 수 있으세요?

스스럼없이 대할 수 있다면
쿨하고 멋진 것 같지만 돌아서면 속이 쓰리지요.

사랑했던 그 순간들이
아무것도 아닌 것처럼 느껴져서요.
그 순간 행복했던 것으로는 부족해서요.

사랑했던 사람과
원수가 도는 건
그 사람과 함께 했던 시간이
내 생의 일부가 되었기 때문이겠죠.

서로를 미워하지 않으면
다 잊어야 하니까요.

아직도
아파하나요

상처 받지 않는 매뉴얼

누군가에게 된통 상처받고
이후에 새로 만나는 사람에게
자신만의 원칙을 강요하면서
괴롭히지 마세요.
그건 그 사람이 잘못한 것이 아니잖아요.

나의 장점을 바라보고 다가온 사람에게
나의 가장 아픈 곳을 보여주지 마세요.

만일 고칠 것이 있다면
남에게 이래라 저래라할 게 아니라
대부분 내가 스스로 해야 하는 것들이에요.

그저 조용히

누군가 나에게 속을 터놓는다면
그 내용을 오래 기억하지 마세요.
필요한 것은 그 사람에게 필요한 위로일 뿐.

속에 있는 말은 믿거나 의지하지 않으면
절대 할 수 없는 거에요.

그 사람이 했던 말을
그 사람을 아는 다른 이에게 말하지 마세요.

누군가와 친해지고 싶어서 험담하지 않아도 돼요.

당신은 단순히 알고 싶어서 누군가를 만난게 아니에요.
마음을 나누고 싶기 때문이었죠.

상처는 덮어주고 좋은 점은 알려주는 것
그거 어렵지 않아요.

자존감

하던 일이 잘 안 되어도
속상한 일이 생겨도
소중한 사람이 곁에서

"사랑한다."
"너를 믿는다."
"잘할 수 있을 거야."

한 마디만 해주면
자존감이 마구 찾아져요.

아무리 열심히 살아도
좋은 결과를 봐도
소중한 사람에게 외면받으면
자존감은 떨어져요.

사랑한다는 말 어쩌면 쉽잖아요.

자기 자신을 소중히 여기면서
누군가를 사랑하면
더 많이 사랑할 수 있어요.

자존감

그 사람의 마음

어떤 사람과 완전히 끝나고
시간이 흘러
그 사람은 어떻게 지내는지
그 사람이 나에 관해서 뭐라고 말하는지
궁금할 때가 있어요.
그래서 그 사람과는 다시 만나지 못하고
그 사람과 나를 알던 다른 사람들을 만나
물어보기도 하지요.

하지만 그러지 마세요.

중간에서 말 옮기는 사람의 말을 믿으면서
그 사람에게 변화무쌍한 감정을 느끼면 뭐해요.

끝났다는 건 더이상
그 사람의 생각을 직접 들을 수 없는 거에요.

진심을 어떻게 건너건너 듣겠어요.

중간에서 이러쿵저러쿵 말을 옮기는 사람을 믿지 마세요.

그저 소소하게

사람을 대할 때는
그 사람에게 기대하는 바에 관해서 잊으세요.
내가 뭘 기대하는지도
그 사람이 생각하지 않게 하세요.
부담을 준다고 이루어지는 것은 없어요.
그저 가슴만 졸이는 거예요.
그냥 좋으니까 만나보세요.
그럼 지금 이 순간에 집중할 수 있어요.
호의를 받았다면 그것을 제때 돌려주는 것만으로도
인연을 튼튼하게 할 수 있어요.
뼈 있는 말, 의미있는 말 하려고 하지 말고
그냥 소소하게 말해보세요.
이야기들은 바람에 실려 사라져도
당신은 그 사람의 마음 속에 조금씩 들어가게 돼요.
누군가를 만난다는 건
혼자 있을 때 내가
내 마음 속에 쌓는 짐을 버리는 것이에요.
욕심 없이 기대 없이 대할 수 있다면
내가 걱정하지 않아도 그 사람은 늘 내 곁에 있을 거예요.

나의 맞은편

나와 생각이 다른 사람과
씨름하지 마세요.
모든 사람의 생각이
같을 수는 없잖아요.
말이 안 통한다 싶어도
한번쯤 그 말을 기억해두세요.
어쩌면 필요한 말일 수도 있으니까요.
그 말에 끌릴 필요는 없지만
적어도 같은 실수를
반복하지 않을 수 있어요

서른 중반

서른 중반이 되면서
살아가는 생각이 바뀌었다.
이젠 골치 아픈 건 싫고
그냥 마냥 즐겁고 행복하고만 싶다.

마음 아프지 않으려면
욕심을 내려놓아야 한다.

빛나는 것들이 내 눈을 시리게 한다.

내 마음에 들어도
나를 자신과 어울리지 않는다고 생각하는 사람에게는
미련이 없다.

이젠 그냥 속 편하고 행복하고 싶다.

사랑

사랑이란

**실수는 그 사람이 했는데
상처는 내가 받는 것이다.**

그 사람이 무엇이
잘못인지도 모를 때도
혼자 아파해야 하고

훗날 그 사람이
후회할 때쯤에는
괜찮다고 말해주는 것이다.

사랑

다음 사랑에는 성공하라

누군가와 헤어지면
아무리 착한 사람도 그 사람이 밉기 마련이다.
안 좋았던 것, 섭섭했던 것만 생각나고
그래서 비난하거나 원망하기도 한다.

사랑했던 사람을 미워하면서
새로운 사람을 만나면
그 사람과의 관계에 균열이 생기면 똑같아진다.

비록 떠나간 사람이라도
그 사람은 좋은 사람이었고
앞으로도 잘 살길 바란다면
새로운 사랑이 왔을 때
적어도 같은 실수를 다시 하지 않을 수 있다.
사랑이 끝나고 받는 상처를
사랑이라고 생각해서는 안 된다.
함께 있을 때 배려하는 것에 익숙해져야지
멀어졌을 때 미워하는 것이 익숙해지면 안 된다.
잊는다는 용서하는 것이다.

기대고 싶다면

혼자서는 자신 없고
의지하고 싶어서 누군가를 만나려고 하면
나를 지켜줄 든든한 사람을 만나는 게 아니라

나만큼이나 자신 없고
다른 사람에게 기대려고 하는 사람을 만나게 된다.

함께 할수록 나와 비슷한 점을 찾게 되면
그 사람이 힘겨워진다.

차라리 혼자일 때가 편하고 그리워진다.

나와 생각이 다른 사람은
나에게 상처를 줄 수 없다.

나와 비슷한 사람이
나에게 상처를 준다.

시간은 필요하다

낮선 이와 쉽게 친밀해져서는 안 된다.
사람이 가까워지는 데는
반드시 충분한 시간이 걸려야 한다.

이상형이나 혹할 만한 사람을 만나면
쉽고 빠르게 친해지기도 하지만 대부분 실수가 된다.
쉽게 마음이 돌아서고 상처 주거나 받게 된다.

누군가 갑자기 다가오면
설령 마음에 든다고 해도 한걸음 물러서야 한다.
그가 만일 충분한 시간을 견디지 못하고
성급하게 군다면 안타깝지만 멀리해야 한다.

서두르는 이유는 빨리 끝내기 위해서다.
시간 지나면 짧고 굵게 사랑했던 사람은
다시 보고 싶지 않지만
오래 많은 시간을 함께 했던 이는
떨어져 있어도 함께 있는 것처럼 가깝다.

내가 없으면

내가 없으면 돌아가지 않는 것이
하나라도 있었으면 좋겠다.

아끼던 이들도 내가 없으면 잠시 슬플 뿐
머지 않아 다른 사람을 옆에 둘 수 있고

내가 하던 일도 내가 없으면 이내
다른 사람으로 채운다.

내가 없어져도
모든 것을 돌아가고 나는 잊히게 되어 있지만
내가 그 무언가를 할 때는 어느 것 하나 쉽지 않다.

내가 없으면

잘 가라는 말

나이 드니 알겠다.
예전에는 사랑하는 이가 떠날까봐 두려워 했고
상처받지 않기 위해 노력했다.
그러다 보니 사랑이 끝나면 내가 사랑했던 사람이
나쁜 사람이 되어 있었다.
하지만 이제는 누군가가 떠난다고 해도
조심히 살펴가라고 돌아서서
나는 괜찮다고 말할 수 있다.
어느 날 네가 뜬금없이 내게 연락해도
평소처럼 대해줄 수 있다.
나를 떠올린 이유가 네 삶이 힘들어서라면
멀리서 응원해줄 수 있다.
네가 무례하고 굴어도 그럴만한 사정이 있겠거니
굳이 묻지 않고도 생각할 수 있다.
그리고 다시 네가 내 삶에서 사라져도
잘 살겠거니, 생각할 수 있다.
네가 떠나고 더이상 나 자신을 사랑하는 방법을 찾으려고
애쓰지 않을 수 있다.
너는 내게 소중한 사람이었다.
그리고 행복이었다.
네가 필요할 때 내가 곁에 있어서
나는 그것으로 만족한다고, 생각할 수 있다.

아닌 것을 걸러내기

기다리던 기회가 왔을 때
나는 나도 모르게 낮은 자세가 되어서
그가 스스로 보여주는 자신의 허점을 못본 척할 때
가 있다.

내가 마음에 들고 원하는 기회일수록
만일 그가 나를 이용하려 든다면
허점을 발견했을 때 그것을 진지하게 생각하고
기회를 포기하고 거절할 수 있어야 한다.

달콤한 유혹 앞에서 모처럼의 기회 앞에서
거절이란 쉽지 않다.
아쉽다.

모든 실패는 꿈이 이루어져서
일어나는 것이 아니다.
잘못된 꿈이 이루어져서
일어나는 것이다.

아닌 것을 걸러내기

사람의 향기

자신이 가진 좋은 역량이
전부가 되어서는 안 된다.
직업이 그 사람의 전부가 되어서도 안 되고
재산이나 학력이
그 사람의 전부가 되어서도 안 된다.

그 직업을 그만둬도 돈이 없어져도
학위가 먹고 사는데 도움이 안 되어도
삶은 계속 되기 때문이다.

겉으로 보이는 가치 이상의
사람의 향기는
꼭 필요하다.

누군가를 좋아할 때도
나 자신의 의미를 찾을 때도
잊지 말아야 한다.

사람의 향기

나만한 사람

너는 나의 부족한 점을 늘어놓으며
내가 눈에 차지 않아서 멀리했다.
내가 얼마나 너를 사랑하는지 이야기해주었지만
너는 들어주지 않았다.

너는 나보다 똑똑한 사람, 많이 가진 사람을 만났지만
마지막에는 나를 바라보게 되더라.
왜냐하면 아무도 나만큼
너를 생각해주지 않으니까.

세상에는 뛰어난 사람, 완벽한 사람들이 많지만
그가 나에게 관심을 가져줄 확률은 거의 없지.
그러니까 의미 없는 사람들이지.

그러니 사랑하는 사람과
의미없는 사람을 비교해서는 안돼.

진실과 거짓말 사이

누군가 꼭 필요한 말을
솔직하게 말해주면 대개 실망하거나
정 떨어지기 쉽다.

반면 듣기 좋은 말을
거짓말로 해주면
혹하거나 끌리기도 한다.

자기 자신에게 속는 사람이
남에게도 속는다.

솔직함 속에 숨어 있는
진실의 가치를 찾는 것은 쉽지만

거짓부렁 속에서
진실을 찾는 건 매우 어렵다.

외로움도 민폐다

사랑이 뭔지 모르면서 자꾸
아무나 만나려고 하고

옆에 사람을 행복하게 해주지 못하면서
혼자는 싫어서
이리저리 환승하러 다니고

누군가를 기다리고 만들어놓고
끝내 먼저 연락을 하지 않는 건
아마도 그대가
몹시 외로운 사람이기 때문이겠지.

외로움도 민폐다

소용 없는 정성

그 사람이 내게 준 기회,
그 사람의 말, 행동, 표정을 아무리 곱씹어봐도
그의 생각을 잘 모르겠는 건
그가 속으로 내린 결론을 파악하지 못했기 때문이다.

사람들은 결국 자기가 하고 싶은 대로 한다.
그러니 내가 정성을 들이고 노력을 해서
그 결정을 바꾸려고 해서는 안 된다.

잊혀진 사람보다 비참한 건
누군가가 미안하게 생각하는 사람으로
기억되는 것이다.

아무것도 아닌 것

너는 늘 지지 않고
이기면서 살아왔다고 생각하겠지만
다른 사람에게 상처를 주고도
크게 스스로 돌아보지 못하고
그냥 좀 미안하다고 생각하며 살아왔겠지만

네가 스쳐갔던 그들은
잠시 눈물로 자기 눈을 씻었을 뿐

너를 기억하거나 생각하지 않는다.
넌 그냥 아무것도 아니다.

그들에게 너는 그저 진실한 사랑을 찾는 과정이었을 뿐.

남에게 상처를 주는 것보다
더 시간을 허비하는 것은 없다.

아무것도 아닌 것

이유는 모르는 것이 아니라
알려고 하지 않는 것이다

분명 많이 알아보고
생각해보고
결정한 것인데
결과가 납득할 수 없다면

그건 보고싶은 것만 보고
듣고 싶은 말만 들어서 그래요.

보기 싫은 것도 보고
듣기 싫은 말도 듣고
하기 싫은 일도 해봐요.

그럼 알게 돼요.
적어도 왜 결과가 그런지를.

이유는 모르는것이 아니라
알려고 하지 않는 것이다

지금 나의 자존감

초판1쇄 발행 | 2017년 4월 20일
개정판 발행 | 2024년 7월 31일

글쓴이 | 김지연
펴낸이 | 김지연
펴낸곳 | 마음세상

주소 | 경기도 파주시 한빛로 70 515-501

출판등록 | 제406-2011-000024호 (2011년 3월 7일)

ISBN | 979-11-5636-558-7 (03810)

원고 투고 | maumsesang2@nate.com

* 값 16,000원